上坂京子
Kamisaka Kyoko

ひと滴《しずく》の愛《うつく》しめまいへ

ミュージック・プロムナード

深夜叢書社

ひと滴《しずく》の愛《うつく》しめまいへ

ミュージック・プロムナード　目次

帯文　齋藤愼爾
装丁　髙林昭太

ひと滴《しずく》の愛《うつく》しめまいへ

ミュージック・プロムナード

音楽は言葉を超えた世界に到達すべきである。

――武満　徹

早春賦

春は名のみの　風の寒さや　谷のうぐいす　歌は思えど
時にあらずと　声もたてず　時にあらずと　声もたてず

（「早春賦」作詞＝吉丸一昌、作曲＝中田章）

歌詞の「春は名のみ」とは、立春を過ぎての暦の上での「春」になったことを指す。この曲は、日本の唱歌成立に重要な役割を果たした吉丸一昌が大正初期に何度か長野県安曇野を訪れた際、当時の東穂高村あたりの早春の情景をうたった歌とされ、すべてに冬の気配が漂う中、何やら春めく感じを抱かせる万象の姿に、やがて来る春を待ちわびる歌として大正二年に発表されている。たまたま瀬戸内の小さな町に生まれたことは図らずもそのまま私の運命となったわけであるが、ではなぜこの歌をと問われれば、タイトルと一行目の歌詞が醸し出すこの時期固有の湿度の低いきりきりした肌寒さの中、作詞の吉丸一昌が置いた澄明な言葉がある廉潔となって心に響いてくるからである。

私というより本来の日本人として持っている共通な情緒の色どりとして、育った風土や時代が握らせたその文化、自然がある。爆ぜる焚き火、セミの脱皮、蛇の皮、釣瓶と井戸水、家畜の臭いとその眼、吹雪の山懐の温さ、水車小屋の水の音、消し炭、十能、火吹き竹、手水の水、ハエ取り紙、一升枡、青大将、蔵の鉄格子に巣くう蜘蛛、氷柱、南京錠、藁ぶき屋根、夜空の流れ星、石臼、縁の下の軍靴、日本刀、脚絆、ヤギの乳等々、加えて謎めき蠢く根源的な何ものかに所属している感覚、何ものかによって愛されているという感情、これらへの形容し難い畏敬の念は、然る可き時《とき》の流れにたたき込まれたモノ云う自然の賜物と仰ぎ佇む他ない夢のような我が一生《ひとよ》の内にて。

どこへ行こうと何をしようと、私を形成している心が自然や風土そのものであることに気付いた。この心という記憶に幾度も幾度も立ち返ることにより影響し合い変化向上し、新たな経験という蜜を貯蔵し続けたのではなかったか。いったん体験から遠ざからなければ己の心には帰れないのである。ここに来て、ようやく芭蕉の提唱した「不易流行」に着地できたことは、望外の喜びであった。然り而して――。

住み慣れた郷土が握らせたこれら過剰な体験を記憶として携え、苦悩との両輪で走る人生がまさに春は名のみのその朝始まり、駅のホームからみた瀬戸内の海は早春の陽射しを照り返し、銀色に輝く明るいリズムの中に在った。大きなため息も絶望もなく不安と寂しさと切なさが、その朝のそこにいる人と世界のすべてに勝っていたろう。見送る母は一張羅の着物を装い、未練の時にしがみつき走り始めた汽車のタラップから転げ落ちた。四つん這いで顔だけはしっかり上げ、勢いを増す汽車の窓から泣きじゃくる私を、母もまたしっかり見詰めていた。母の懐から去ったこの日の別れの記憶を引き出しの奥の奥に、リリカルで最も高価な隠匿物資として仕舞い込んだ。春は名のみの春になると、奥深いところから春は今も濡れて光る母と私の涙とともにきりきりと立つ。肌寒く熱く……。ついでながら、吉丸一昌は明治末から大正はじめにかけて「新作唱歌」十冊をつくって、大正期にはじまった童謡の流行の先駆けともなった。

花

　バブル最盛期、ある会社をスピンアウトし志を同じくするもの同士四人で会社を立ち上げた。私を含め全員、管理された組織では才能を発揮できないアウトサイダー的資質の輩だ。肩書きなし、必要な専門書を始めいかなる出版物も会社負担、技術者は出勤時間自由、全員即戦力の一匹狼等々アバウトな会社だった。対外的に一応社長役を引き受けたY氏からある日笑い方に注意するように釘を刺された。時期が時期だけに儲かって笑いが止まらないという笑いではない。思い当たるふしはあった。そこで思い出すのが中原中也の「夏と悲運」という詩である。中也は三十歳で亡くなったが最晩年の昭和十二年に書かれている。

とど、俺としたことが、笑ひ出さずにやゐられない。

思へば小学校の頃からだ。
例へば夏休みも近づかうといふ暑い日に、
唱歌教室で先生が、オルガン弾いてアーエーイー
すると俺としたことが、笑ひ出さずにやゐられなかつた。
格別、先生の口唇が、鼻腔が可笑《をか》しいといふのぢやない、
起立して、先生の後《あと》から歌ふ生徒等が可笑しいといふのでもない、
それどころか、俺は大体、此の世に笑ふべきものがあらうとは思つちやゐなかつ
た。
それなのに、とど、笑ひ出さずにやゐられない。
すると先生は、俺を廊下に立たせるのだつた。

（前節一部引用）

十七歳頃の中也の短歌に「子供心」という題詠があるが、すでに斜にかまえてもの

をみる、道化の片鱗がみえる早熟な子供だったようだ。中也の暑い夏の歌になぜ私が歌う春の「花」（作曲＝滝廉太郎、作詞＝武島羽衣）が重なるのか定かではないのだが、この詩を読むとき私は中也になりいつも音楽（唱歌）教室で歌っている。「はるのうららの隅田川　のぼりくだりの　船人が　櫂《かい》のしずくも　花と散る　ながめを何にたとふべき」……しかし当然ながら笑えない。私が唱歌で高音も低音も空できっちり歌えるのはこの「花」だけであった。笑顔のきれいなK先生のピアノ伴奏だった。木枠の窓ガラスから射す日差しは暖かく、明るい教室で男女混声合唱はきれいにハモり、反抗期だったことを除けば裕福ではないがつくづく平和であった。中也との共通点といえば同年代しばしば弁論大会に出場していたことくらい、中也が堕ちた飢えや渇き、まして不条理に対する見事な復讐絶望などかすりもしない思春期であった。

「夏と悲運」の笑いの意味が理解できるのはもっとずっと後であり、恐れ多くも中也のような聖性でも邪悪でもないが、笑わずにおれないこの世の知的・心理的なまやかし事は多々あるのも事実である。しかし何をどう笑うかで、その人の人柄をさえ判断できる。冒頭の私の笑いは品性を欠くものだったろうが、他者や係累や社会とのかかわりへの無様な喘ぎは度々「太刀先の見切り」で己に切っ先を向けずにおれなかった。その瞬間私は私に笑われていたのである。そこで、微笑み、大笑い、爆笑、抱腹絶倒、失笑、せせら笑い、冷笑、苦笑い、泣き笑い、物笑い、盗み笑い、含み笑い、忍び笑い、etc……はて、アウトサイダーであり社会通念からみれば不適応者であった中也の笑いは如何に。とど、私としたことがおもいを巡らさずにはおれないのである。

さくら

さくらさくら　のやまも　さとも　みわたす　かぎり
かすみか　くもか　あさひに　におう　さくら　さくら　はなざかり
さくらさくら　やよいの　そらは　みわたす　かぎり
かすみか　くもか　においぞ　いずる　いざや　いざや　みにゆかん
（作者不詳、日本古謡）

さまざまの事思ひ出す桜かな　　松尾芭蕉

その屋敷は関西の高級住宅地、山手の角地にあった。優に六〇〇坪は有する敷地内には〆縄を巻いた神木を含め七本の桜があった。道行く人が思わず足を止め仰ぎ見る程見事な桜だ。この家の主《あるじ》は私とは同郷人だが時代を席捲した女性実業家で、私はその人の会社の一社員に過ぎなかった。一ドル三六〇円の為替レートの時代、この庭でライトアップされた桜見の宴が毎年催されてきた。宴の間中、屋敷のぐるりを黒塗りの公用車が数台、専属の運転手と共に隣家の沿道にも連なって待機していた。故郷を出てまだ日の浅かった私にとって、初めて目にしたこの花見の光景のまぶしさに肝をつぶしたことは今も忘れられない。以後時代と共に人も物も歳を重ね三十年余、桜だけは万古不易、それぞれに幹太く春には己が花びらを己が幹で受け、広大に天を被い花の天井となっていた。

　そしてこの家の主との長い縁の私に再び、かの庭での宴の総務、裏方が依頼された。だがこの時の宴には主のこだわりがあった。あらかた散った花びらの絨毯の上で、尚且つ残った花びらが吹雪となり舞う日に設定しろという超難題であった。まず、招待の主旨として、なぜ散る花を愛でるのか、主のこだわりを奉書紙にしたため二十数名の客人に送ることから始まった。いざやいざや……。幸いにも当日の風情は及第であったが、殊の外花冷えがきつい宴となった。虚空を吹く天籟のざわめきの中、客人の杯にもひとひらが舞い散り、さて満開の桜の下に狂気や孤独や虚無を描写した坂口安吾の世界に思いを馳せつつ、贅を尽くした宴もお開きとなった玄関で、礼を述べた先の客人の一人があっという間につまづき、右頰を鉄平石《てっぺいせき》に突っ伏し気を失った。行灯のような玄関灯の下で右目の辺りから血が流れだしたのを眼にした瞬間、私は割れたメガネの破片が瞳に刺さったと恐怖の坩堝と化していた。しかし主はそんな私に「しっかりせい！」と喝を入れ平然としていた。咲き満ちて散りそびれ、己が花明かりにて餐餐《さんさん》と見下ろした散散を、地のさざなみからも見上げるひとひらの黙《しじま》であった。幸い大事には至らなかったものの、鉄平石の間を流れるものが、スローモーションのように花びらを乗せて流れたこの夜の光景は鈍色《にびいろ》の夢ではなかったろうか。

以来、この時節私の桜は一筋の血の色となった。降りた天の風に乗り鬼もまた舞を舞ったと思っている。いや、そう思っていたい。事事無碍《じじむげ》　事事無碍。この屋敷の主も六年前には鬼籍の人となり、この日の宴が最後となった。ちなみに主は実業家として鬼の顔も毒も余りある女性であったが、文芸評論家七北数人による安吾の作品評価の言葉を借りれば、「女が残酷であればあるほど無垢な聖性が際立ち気高い女王の鬼の顔も、その口から発する言葉の毒にも不思議な透明感の漂う」きれいな花であった。最後に大正生まれの俳人でホトトギス同人後藤比奈夫の云い得て妙なる一句を拝借したい。

花に贅落下に贅を尽くしたる

夜明けのスキャット

スキャット――、音感を刺激することばである。ちなみに昭和三十九年一月十日四十三版発行『新クラウン英和辞典』にはscatの単語は無い。WEB上ではかのルイ・アームストロングが、歌っている最中に歌詞を忘れ、即興で適当に意味の無い音を出し歌い、それがきっかけとなって定着したとある。

短い平易な言葉であればあるほど、重層的に音を積み上げ詞を開花させる、作曲家いずみたくの職人技に魅せられて久しい。いずみは「夜明けの……」以前に、スキャットで、当時は安田章子の芸名だった由紀さおりにCMを歌わせたが、「彼女のスキャットには素敵な色気がある」と、結婚を控えためらう彼女を説き伏せ吹き込んだという。それが深夜放送ラジオに流したとたん大反響となりレコードの発売を早め、一五〇万枚という大ヒットにつながった。一九六九年三月十日リリースされた。

時同じく、一九六九年春。当時は新しいこと、早いこと、大きいことが何でももてはやされた高度経済成長の真っ只中だったが、同郷の成功者である、とある実業家の元に母の采配で預けられていた私は、早起き早飯早手水、なにわ商人の心得を熱心に私に伝授しようとしていたその人からあたらしい修行の命を受け、前夜に渡された新幹線の切符を手に春まだ浅い早朝、生まれて初めて新大阪のホームを旅立ち東京へと向かった。

東京営業所の責任者に託された私は、着いたその夜から修業とやらが始まり、帰阪するまで、東京営業所ビル地下にある浴場での入浴を済ませ、借家に帰るだけが日課となった。るーるーるるる……スキャットはその浴場にながれていた。広い浴槽の隅にひとり浸かりしっかり聴いたこの澄んだメロディー、湯気の向こうには何一つ見えてはいなかったけれど、あるのは不安よりも商いへのみなぎる闘志だったろうか。いや、賭け値無く言えるのは、当時は新幹線の光るレールさえ希望であったと。同年五月二十日、関西で二〇〇〇名の職員が働く新築ビルの一角に開店した職員対象の軽食喫茶室を任された。コーヒー一杯五〇円でのスタートだった。新米社会人で、しかも全くの素人であるにもかかわらず、逆に知らぬに賭けるように未知の世界へ無知なまま、まさに私自身の高度成長の幕開けであった。今、この曲を耳にするたびに恐れしらぬ徒であった二十歳の背中《せな》を視ている初老の私がいる。おりしも東京ど真ん中の巨大ビルの界隈では、ヘルメットを被った学生たちのスクラムがさかんに気勢をあげていた。

高校三年生

ＮＨＫが毎年行っている「あなたの青春の歌は何ですか」とのアンケートに、ずっと「青い山脈」が一位だったが、年号が平成に変わったら、それまではベスト三位どまりだった「高校三年生」（作詞＝丘灯至夫、作曲＝遠藤実、歌唱＝舟木一夫）がトップになったという。舟木自身はデビュー四十周年を記念した玉置宏との対談で、「この歌は流行歌の一過性のヒット曲だったのか、それとも同世代の人たちにとってもう少し根っこのあるものだったのか、シミュレーションしていた。結果として何百回反芻しても、単なる流行歌のヒット曲というだけでは説明がつかないという答えしか僕の中には出てこなかった……」と述べている。

昭和三十八年二月三日、東京の内幸町、日本コロムビアスタジオ。当時のレコーディングは歌唱とオーケストラの同時録音だった。遠藤学校でレッスンを積んできた愛弟子・舟木一夫の晴れのデビューだ。無類の照れ屋でいくら注文をつけてもそれまでまともに歌うことのなかった劣等生は恩師の懸念をよそに、のびやかな高音とソフトな歌声で一気に歌い上げ録音はわずか二回で終了したという。

♪赤い夕陽が　校舎をそめて
　ニレの木陰に　弾む声
　あ〜あ〜　高校三年生……

不滅の金字塔を打ち立てた名曲「高校三年生」と、今や団塊世代となった人達の青春の象徴として、唄う青春スター「舟木一夫」誕生の瞬間であった。私の同級生にも舟木一夫に神様のごとく熱狂するファンが幾人もいた。

青い空、青い空に聳える赤白の鉄塔、小さな島々が点在する瀬戸内の浜辺に打ち寄せるさざ波、風光明媚な学び舎の自然環境の良さも、その良さが過ぎていれば、S教師のように「こがいなええとこにおるけん、お前らバカなんじゃ」と幾度か叱咤激励された記憶にも笑みがこぼれる。「修学旅行」「学園広場」と学園ソングをトレードマークの詰襟で歌う歌は、メロディーも詞も軽快で素直に青い体に沁みこみ、青春……青い春の三年間を爽やかに鮮やかに彩った。中でも夏季は一番列車で登校し朝日を浴びながら歌いながら散歩した浜辺は、広島県出身の作家、若杉慧が大正十五年、広島県の瀬戸内のわが母校、忠海高校の前身である忠海高等女学校で二十三歳のときに教鞭を執った経験をもとに一九四六年発表した小説「エデンの海」の舞台となった浜辺である。東京から赴任してきた新任の青年教師、南条と、奔放な女子生徒清水巴との恋物語は映画「エデンの海」として、一九五〇年以降、三度にわたって映画化されマドンナの清水巴役は藤田泰子、和泉雅子、山口百恵と受け継がれ、白馬にのり砂浜を駈ける場面は記憶に鮮やかだ。母校での、まだ恥というものを知らない汚染度ゼロの青二才の口からは、こぼれ落ちる恥辱の言葉など逆さに振ってもなく、青春ソングを諳んじるだけで十分だったのであろう。羽田空港弁天橋における佐藤栄作首相の南ベトナム訪問阻止闘争デモで、一九六七年十月八日、十八歳で早逝した山崎博昭の没後五十年がもうすぐ来ようとしているのに、恥ずかしながら能天気なことであった。

＊参考……『芸能生活40周年　写真集　舟木一夫』（二〇〇二年、マガジンハウス）

炭坑節

月が出た出た　月が出た（ヨイヨイ）
三池炭鉱の　上に出た
あまり煙突が　高いので
さぞやお月さん　けむたかろ（サノヨイヨイ）

一山　二山　三山　越え（ヨイヨイ）
奥に咲いたる　八重椿
なんぼ色よく　咲いたとて
様ちゃんが通わにゃ　仇の花（サノヨイヨイ）

（「炭坑節」福岡県民謡）

この歌は福岡県民謡で、現在の田川市が発祥と言われる。盆踊りの最も標準的な楽曲として全国に広く浸透しているが、もとは明治大正と、三池炭鉱構内で掘り出した石炭の質を選り分ける女性たちの選炭歌という作業歌として歌われたのが元となっている。しかしご当地田川市では、鎌倉時代、一遍上人が全国行脚で始めた踊念仏の盆口説きが、土着の文化として主流となっており、盆踊りに炭坑節は踊らないと聞き驚いた。あるいは春歌との異名があるせいか、マイナーコードで作りびと知らずという扱いながら、花柳界の赤坂小梅や三橋美智也達が流行歌としてラジオを通して歌ってから全国で大ヒットする。

俳諧では踊りとは盆踊りを意味するという。この国の通常の伝統では盆の十三日から十六日にかけて寺の境内や町村の広場などに大勢の老若男女が集まり踊ったり、新盆の家を歴訪することもある。もともと念仏踊りに江戸初期の小町踊りや伊勢音頭の要素が加わったもので、盆に招かれてくる精霊を心をこめて慰め、これを送る踊りは古代人の思考の原型がはっきり残っているとされている。地方によってそれぞれの特色をもって行われてきたのが実情である。そこで。

　音が、リズムが、提灯が、やぐら太鼓が、ねじり鉢巻きの若衆が、肉や脳みそを貫いて骨に食い込み整然と暴れだす。私という内臓の塊は盆踊りでは定番の炭坑節に食われているといってもよい。阿波踊りでも河内音頭でも東京音頭でも郡上踊りでもない。福岡県民謡のこの調べは、我が村にもいろ濃く浸透してきたものだ。江戸時代から明治初期にかけ農村の青年の組織であった若者組は、第二次大戦後民主的な青年団に改組され、青年団には入れない微妙な年齢の私たちは、ミツバチのようにやかましく甘い蜜の香りだけはいち早く嗅ぎ付け好奇心旺盛な羽をブンブン鳴らし飛びまくっていた。高度経済成長期の、まだ青年団という村の組織が現存した頃のほんの一時期の記憶である。青年団は村に暮らす跡取り息子や嫁入り前の娘たちで成り立っていた。当時誰一人車を持たない青年団の若衆は、浴衣でオートバイに乗り、後ろには思春期の我々も動員され、俄かカップルとして村から村へと新盆踊り会場を梯子したものだ。盆踊りの予行演習では、確かに一生懸命東京音頭やその他の踊りも踊ったという記憶はあるのだが、踊り自体は全く体に反応するものが無い。娯楽に乏しい農漁村の最大の娯楽の一つであったといえよう。

それよりもっと遡り、小学校低学年頃から、盆踊りのその日には母は湯上りの私の肌にシッカロールをはたいて浴衣を着せてくれた。絞りの帯をキュッと締めうちわを挟み、ほんの少し唇に紅を注し「さあ行っといで」と送り出してくれた。古民家の庭が、万華鏡のような非日常の一夜となり、陰影にくっきりと炙り出される恍惚としたヒトの顔、輪になって踊る私を含む踊り手の、そして踊る人を見る人たちの恍惚とした顔、観られる私が観る人達を見た確かな夜。故園心眼に映ずるこの国の伝統の歳時を、幼い身が受け取り伝統を越えてきた私の内面を促したがゆえに、今ここに、より深く伝統と結ばれ返ってきた。こころに無明の発芽を覚えた始まりであったと言える。炭坑節が醸す恍惚の体験は永久に消えることはない。

鞠と殿さま

おじさま、お久し振りです。相変わらずつつがなくお過ごしでしょうか。

十人きょうだいのたった一人この世に残っていたあなたの妹、私の母はとうとうそちらへ参りましたね。ご承知のように被爆者としての難儀を抱えての九十年の生涯でした。それにしても一度は結婚をあきらめていた母が縁あって私の父に嫁いでからというもの、弱いからだを癒すため、何度幼い私の手を引いて実家であるおじさまの元へ身を寄せたことでしょう。その都度穏やかにやさしく母子を迎え支えて下さった日々。その折、納戸で眠りにつく直前おじさま、あなたは私に寄り添いいつもとても軽やかに布団をたたき、子守唄を歌ってくださいましたね。「てんてんてんまり　てんてまり……」、私の生涯で子守唄らしき唄をうたってもらったのはこの唄が最初でそして最後でした。それにしてもそれがなぜ紀州の「鞠と殿さま」（作詞＝西條八十、作曲＝中山晋平）だったのでしょうか。

昭和初期、ビクターレコードから新民謡として吹き込まれたこの唄は、そもそも正月の童謡をということで作詞の依頼を西條八十が受けたそうです。双六をヒントに、手鞠が殿さまに抱かれ東海道を旅して、最後は紀州のみかんになったという奇抜なお話です。そこで思い当たるのは、時は戦国時代、毛利元就の三男隆景は安芸竹原の小早川家の分家を継ぎ、次男元春には元就の妻、妙玖の実家吉川の家督を継がせ築いた元就の強固な「毛利両川《りょうせん》体制」の逸話は有名ですが、隆景に従い幾度となく戦に出たのが、おじさまの屋敷裏にささやかな痕跡をとどめる尾首城址の主《あるじ》だったことです。母は記憶だけを頼りに家系図と詳しい史実をすらすらと数枚書き残してくれました。かつて「世が世なら私はお姫様じゃけんね」といたずらっぽく笑っていた母が、揺るぎない信頼と尊敬を寄せていたおじさまは、あるいは永遠に理想のお殿さまだったかもしれません。

女性版石部金吉である母の、生来の融通の利かない誇り高い性格と、戦中、絶対の国家権力の片棒をかついだ憲兵だった剛毅の父との折り合いは、決して平穏なものでも生易しいものでもなく、家庭の根太はいつも傾《かし》いでばかりのようでした。けれどあにはからんや、有難いことに、私たちきょうだいは、放射能を浴びた母の体から健康をいただきました。私など健康優良児として表彰されたくらいです。その頑なさゆえ、幾度か母との摩擦が原因の不定愁訴に苦しみもしましたが、すべて束の間の泡と消えました。二〇一四年九月、認知症を患った末、母はおじさまの元へ参りました。「おばあちゃん」と呼びかけると、童女のように「はあーい」と応え、これまでの母の生涯で見たことの無い愛しさでした。おじさま、私はこれからも私の生きる道すがら、記憶の庭で手まりをつき唄い続けることでしょう。そばにはいつもおじさまがいらっしゃいます。「てんてんてんまり　てんてまり……」。人生の歯車を押してくださった子守唄のお礼を一言申し上げたくて。母を末永くどうぞよろしくお願いいたします。

それではごきげんよう。

お正月

一、もういくつねると　お正月
お正月には　凧あげて
こまをまわして　あそびましょう
はやくこいこい　お正月

二、もういくつねると　お正月
お正月には　まりついて
おいばねついて　遊びましょう
はやくこいこい　お正月

（作詞＝東くめ、作曲＝滝廉太郎）

一番は男の子への、二番は女の子への歌詞になっているこの唱歌は、親子で長く歌い継いでほしい歌として、二〇〇七年文化庁と日本PTA全国協議会が「日本の歌百選」に選定している。

戦後、物のない時代を経て豊かさとはまるで程遠かった暮らしのなか、お正月だけは心底待ちわび、心底満たされ子供心に気分も潤ったものだ。ラジオ放送で正月が雨だと聞き泣いたことを憶えている。大晦日は早々と入浴し、毎年母が整えてくれた真っ新《さら》の肌着や靴下、元旦に登校用の一張羅の洋服を枕元に置き、言い表せない嬉しさにつつまれ眠ったものだった。

この新春に着る一張羅については、江戸中期、四時堂其諺《しじどうきげん》著の『滑稽雑談《こっけいぞうだん》』という俳諧集のなかに着衣始《きそはじめ》として「暦に曰、きそ始めとは、新しき衣装をば著初（初めて身に着けるの意）むるとなり。これらの説、しひて正月には限らずといへども、月の朔日（ついたちの意）に衣服を改むるといへば、まして正月は一年の始めなれば……」云々とある。そういえばいまでも私は元日に手を通した服の柄や着丈、身に着けた感覚を憶えている。高度経済成長期に入る前の、当然テレビも車もまだなく、移動手段は徒歩もしくは自転車、オートバイ、日に数本のバスのみの時代であった。まして商店の並ぶ〝町〟と呼んだ地域までは、海抜八五メートルの片道五キロの道を往復、母は自転車には生涯乗れなかったが、子供への慎ましい心配りのための移動手段はいったい何だったのだろうか。

エルニーニョ現象という言葉も現象もなかったその時節、軒先には氷柱が、川の流れに沿う雑草は凍りつき、粉雪は舞っていたが、正月という華やぎは、寒さを凌いでいた。元旦は毎年恒例の登校日。十歳頃までの教育現場は、まだ堂々と教師達の子供にとっては不可抗力の、偏見とは異なる稚拙で差別的な扱いがあったが、逆に教育者として抜きんでて生涯の恩師となる教師も居て、幼い私の肉眼は先生の心を容赦なく凝視し続けていたが、元旦だけは、雑煮を食べ一張羅の洋服を着て胸を張り集団登校が慣例であった。校庭に起立整列し、日の丸の旗を背ににこやかにおめでとうを言う校長先生の新年の挨拶と笑顔はハレの日の訳のわからぬ絶対であった。この唱歌そのままに凧あげ、羽根つき、コマ回し、正月という歳時は絵に描いたごとく歌詞の内容そのものだった。この昭和三十五年頃から時代の潮流の顕著な変化、とりわけ経済成長と共に、学校の現場では子供への適正な評価が始まり、ふるえるような手ごたえをはっきり感じ取っていた。大人になってからも正月への待ちどうしさは変わらず、一年の毒を漂白し、染め変え、新たな年へ支度する年末の慌ただしさ。家族という共同体の正月への神々しいまでの営みだけは嘘はなかった。

この国に生まれ老年と言われるこの年まで、そこそこ正月という歳時により更新し再生出来たことは、ほんとうはすごいことなのではないか、大したものだとこの頃思う。そして残る年月はおまけだと思うことにしている。それにしてもこの歌、素朴に徹し切っているところがとてもいい。だから、生活状況がいくら変わっても、豊かになっても忘れられることがない。

その昔

武満徹は流行歌について、「私は歌というものは本来、極めて個人的なものだと思う。素朴な意味で、笑うこと泣くこと、そうした生の挙動と同質のものだと思う」と述べている。

その昔　恋をしていた　二年暮らして　女《そいつ》を捨てた
冷凍みかんと甘栗を　無理矢理その手に　握らせて
故郷《いなか》へ帰す　詫びにした　俺のズルさを　咎《とが》めるように
発車のベルが　発車のベルが　鳴り響いてた
（歌唱＝吉幾三、作詞＝喜多條忠《まこと》、作曲＝杉本真人）

吉幾三にはめずらしく、曲も詞も彼の作ではない。二〇一二年五月にリリースされて以来足掛け四年、巷で歌唱されることも滅多にない。この詞は幾分かは、団塊世代でもある喜多條氏の体験をにじませたものと拝察するが、本来歌は映像であり、色と匂いと体感が詞を書く三種の神器だとも彼は語っており、色を出さない時はモノトーンの世界だと述べている。この作品はモノトーンの語りで書かれており、そこでラッパーでもある吉幾三が歌うのも頷ける。ところが一箇所だけ色がある。二行目の冷凍みかんと甘栗、みかんのオレンジ色。この二つの単純な名詞がその意味を、モノトーンの特徴を脱ぎ捨て私の手の内で汗をかきはじめた。

故郷を捨てることでしか故郷は語れない。石の上にも三年、今の若者には死語となったこの諺、誰に諭されたわけでもなく私は故郷を去る時点で自らに課した。三年後の師走、夜行列車に乗っての初めての帰省。朝四時頃、ひとつ手前の市駅に降ろされ、始発もまだの、常夜灯だけのベンチでタクシーを待ち、寒さとはひと味違う震えの中にいた。ようやく来た一台のタクシーに乗り三十分、隣村との分岐の橋を過ぎ八〇〇メートルの長いカーブを曲がると山裾に三十軒の集落が広がった。まだ暗く寝静まっている村中に一軒だけ煌煌と灯りの点る家があった。私が育った家、私を待つ親心の灯りだった。飛び出し迎えてくれたまだ四十代の若い両親に、ただいま帰りましたと深々と頭を下げた。明るすぎる玄関で父と母のうるんだ目がそよいでいた。そのままこの日の灯りは私の内なる含み資産となり、生生流転、折々の貸借の不均衡にも目減りすることなく今も持ちこたえている。

昭和四十七年、岡山まで山陽新幹線が開通するが、それに先立つ数年前のことである。故郷《ふるさと》は遠きにありて想うもの……そこには土着の民として身動きできぬ暮らしの喘ぎを悟らせまいとする矜持があることを、わたしもまた自覚してこその故郷である。冷凍みかんと甘栗は故郷をめざし旅立つ者への郷愁の象徴であり、昭和十五年開業の三代目大阪駅構内の黒光りするコンコースは、以後四十年にわたり戦後の労働者が踏みしめ懸命に生きた時代の象徴でもあった。ちなみに帰るべき故郷を持たない人たちに、この詞のせつなさを問うてみたが、一人として反応した人はいなかった。

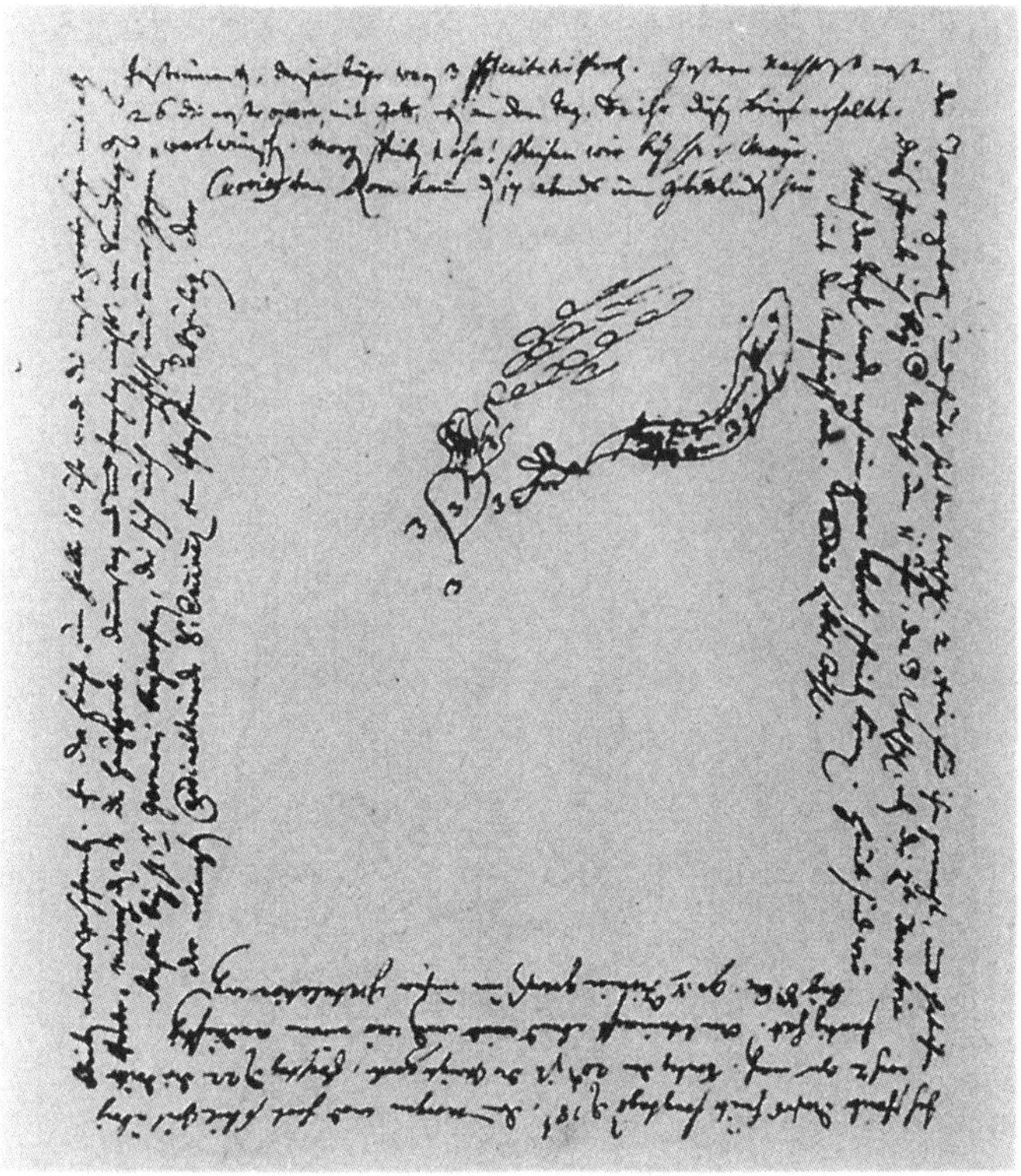

モーツァルトの手紙

(P38-41)

高橋英郎訳編『モーツァルトとともに一年を』(木耳社)より転載

お元気のことと思います。お姉さん、あなたがこの手紙を受けとる頃、お姉さん、ちょうどその晩、お姉さん、ぼくのオペラが上演されます。ぼくのことを想ってね、そして出来るだけお姉さん、あなたも、オペラを観たり聴いたりしていると想像してよ、お姉さん。そりゃむろん辛いことだね、もう11時だもの。さもなければ、ぼくも信じて疑いません。昼間は復活祭のときよりも明るいことを、お姉さん。明日、ぼくらはフォン・マイヤー氏のところで食事をします。なぜだと思う？当ててごらん。招かれたからです。明日舞台稽古があります。でも、劇場支配人のカスティリオーネ氏から頼まれています、それを人に言いふらさないようにと。さもないとみんなきて困ったことになります。だからお嬢さん、お願いだから、誰にもこのこと言わないでね、お嬢さん、さもないと、大勢の人たちがかけつけるからね。お嬢さん、ところで、ここで起ったこともう知ってる？話してあげるね。ぼくらはフィルミアン伯爵邸から家に帰ろうとしました。家の通りまできて、玄関の戸を開けたとき何が起ったと思う？ぼくらは中に入りました。ごきげんよう。ぼくの肺臓さん。キスをおくるよ、ぼくの肝臓さん。ぼくの胃袋さん、いつも変りないあなたのろくでなしの弟　ヴォルフガング。お願い、お願い、お姉さん、かゆいよ、かいてよ。

(1772年12月18日、ミラノにて、姉宛)

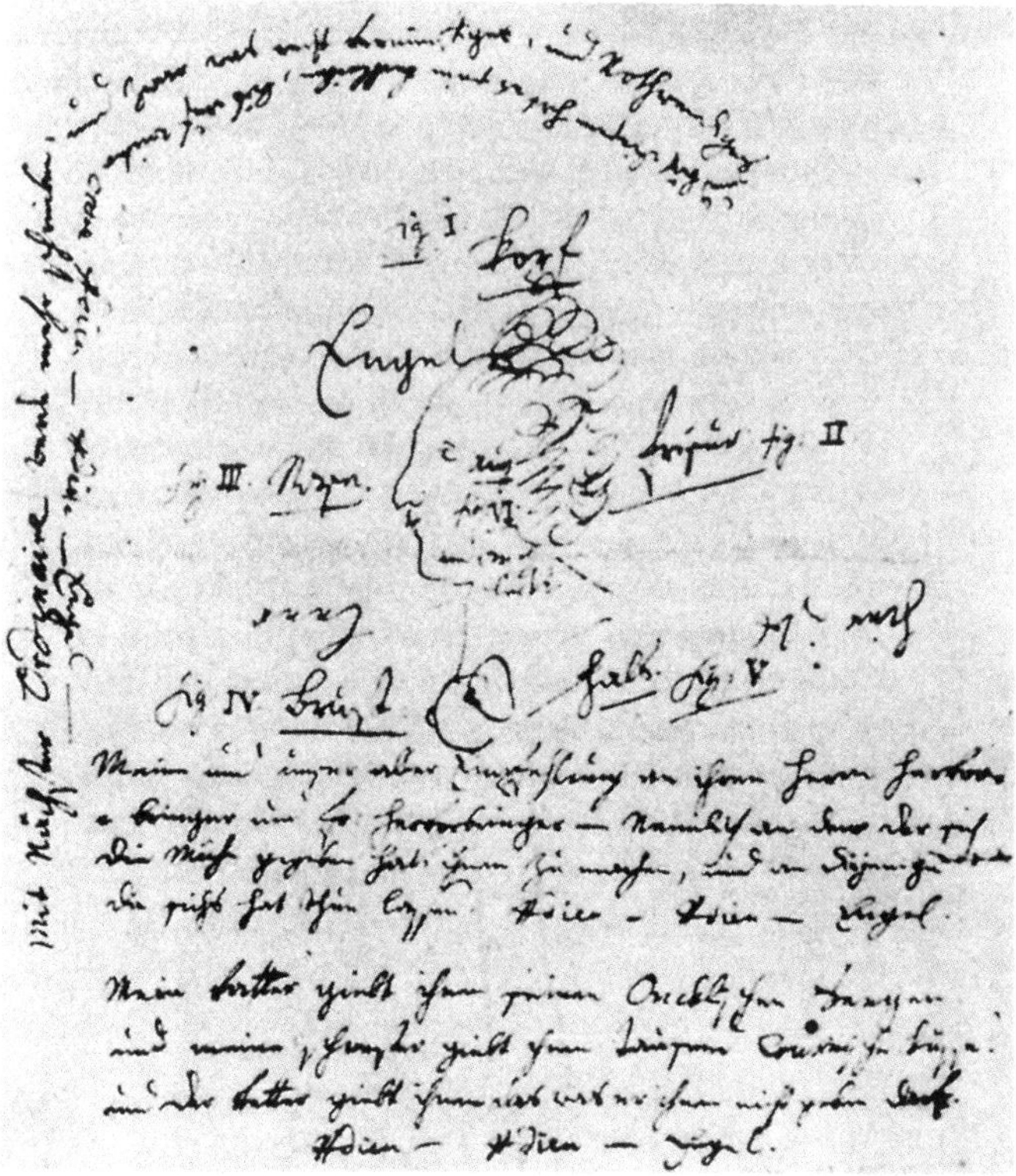
fig. I
fig. II
fig. III
fig. IV
fig. V

しかも冷静に考えるべき大事なことです。そして
それを守らなければいけません。追って命令が
あるまで、ごきげんよう、さようなら、天使さん
次の普通便でも書きます。

天使

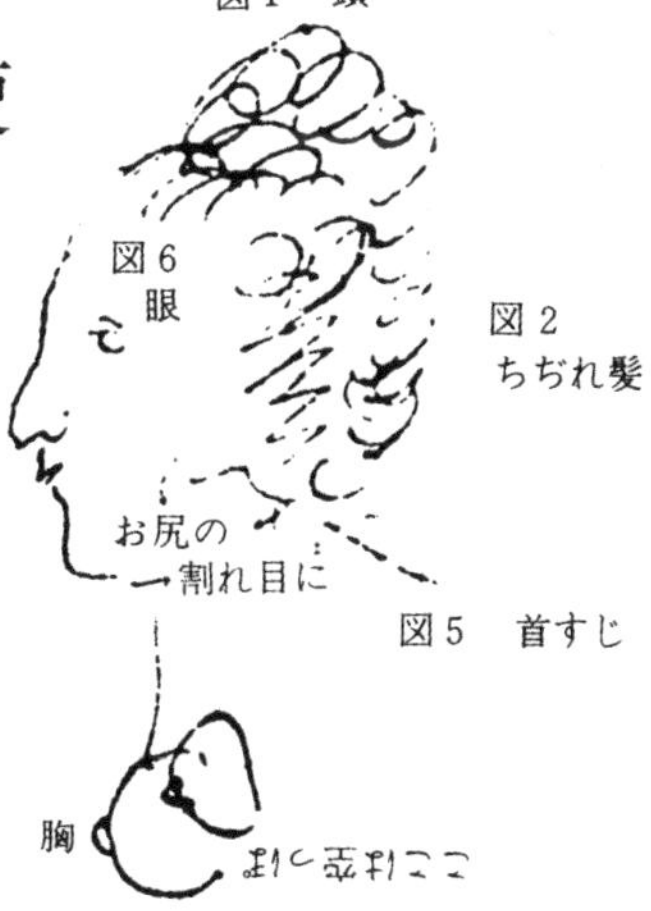

ぼくおよびわが家一同より、あなたの生みの御両親——つまり、あなたを生むよう精を出された方と、それを受けとめられた御当人によろしく。ごきげんよう、さようなら、天使さん。父からはあなたに叔父としての祝福を。姉からは従姉妹としての1000回のキスを贈ります。そして従兄弟のぼくからは、あげてはいけないものをあげます。

ごきげんよう、さようなら、天使さん。

（1779年5月10日　従姉妹《ベーズレ》マリーア・アンナ・テークラ宛）

モーツァルト

●姉マリア・アンナ・モーツァルト（ナンネル）への手紙……一七七二年十二月十八日ミラノにて（本書三十八頁）

●従姉妹マリーア・アンナ・テークラ宛への手紙……一七七九年五月十日（本書四十頁）

（姉には駄洒落を、従姉妹にはスカトロジックな書簡を残す）

モーツァルトの手紙は四〇〇通近くが保存され、作品同様に研究され、公刊されている。とりわけユニークで常人の及ばぬ数々の逸話の代表的なものとして、この二信を掲載した。三十年前、音楽評論家であり手紙の訳者であるモーツァルト劇場主宰、今は亡き高橋英郎氏による優しく熱い手紙の紹介を見て読んで、まさにこれは音楽だと感じ入った時の驚きと楽しさは今も温存している。天才作曲家の戯れのようでいて、そこに何やら悲哀を伴う手紙について小林秀雄著「モオツァルト」の一文を抜粋しておく。

「現在、僕等が読む事が出来るモオツァルトの正確な書簡集が現れるまでに、考証家達が払った労苦は並大抵のものではあるまい。僅《わず》か三百数十通の手紙のフランス語訳の仕事に生涯を賭《と》した人さえある。而《しか》も得たところは、気高い心と猥褻な冗談、繊細な感受性と道化染みた気紛《きまぐ》れ、高慢ちきな毒舌と諦《あきら》め切った様な優しさ、自在な直覚と愚かしい意見、そういうものが雑然と現れ、要するにこの大芸術家には凡《およ》そ似合わしからぬ得体の知れぬ一人物の手になる乱雑幼稚な表現であった。彼等の労を犒《ねぎら》うものは、これと異様な対照を示すあの美しい音楽だけだとしてみると、彼等も又悪魔にからかわれた組か、とさえ思いたい。併《しか》し、音楽の方に上手にからかわれていさえすれば、手紙にからかわれずに済むのではあるまいか。手紙から音楽に行き着く道はないとしても音楽の方から手紙に下りて来る小径は見付かるだろう」

（小林秀雄「モオツァルト」）

オールディーズ

あらゆるジャンルの音楽を聴いてきた。そのうち若き日に心躍らせたのは、何といってもオールディーズ*であった。思春期、成長ホルモンの一番活発な時期、自然と太陽と何より陽気な叫びと笑いの源泉である竹馬の友は母なる胎盤であり、等身大のまま過ごせた日々に培われ濃厚に刺青された五感は、税金の対象とならない私の隠匿物資となった。後々、この五感が総動員して私を切り刻む生になろうとは無論知る由も無い。中でも聴覚を鍛えてくれたのはラジオで、唯一の音源であり情報源だった。

一九五八年平尾昌晃の「星はなんでも知っている」の歌詞、♪生まれて初めての甘いキッスに……言葉が醸す想像力に青い体が甘くそよいだ頃。浪曲や今で言う懐メロ番組に飛び込んできた舶来の音楽。当時の、毎週日曜日の昼は、どこにいようとラジオの前を独占しポップ・ロック番組に聴き入った。大袈裟でもなくのどから手が出るほど日曜日を待ちわびたものだ。そのとき聴いた音は、まだ細かった背骨の一節一節に髄液として温存されたような感覚として浸み込んでいる。しかし勢い成長する経済の足並みに瞬く間にテレビが追いつき、視覚に心を奪われる時代に変わる。リーゼントもポニーテールもテレビに教えられた。日本語に訳されたポップスは気の抜けたサイダーだった。オールディーズ抜きには語れない一九六〇年代初期のほんの一時期、この音楽の渦があれば十分だった。村に一台のテレビが入る前の、全き生の最も原寸大のまま過ぎた輝きのほんのひととき。どのような言葉も、おびただしく輩出された彼らの一曲にも及ばない。

そしてもうひとつ、オールディーズと切っても切れない関係にダンスがある。うねるようなグルーヴ感（Groove：イカす、ノリがいい、かっこいい）は大部分のポピュラー音楽に共通する二分の二拍子に感じるノリである。中でもツイスト（Twist：ひねる、ねじる）。一九六一年から六二年にかけてアメリカ全土で大流行し、その熱狂ぶりは社会現象となったほどである。今や団塊の世代となったメタボのおじさまも、三段腹のおばさまも乗りに乗ってツィスト、ゴーゴー、どんなにみっともなくても同時代を生きた同士の心意気を私は理屈抜きで許せてしまうのである。欧米に、日本に、日本の片田舎に、特定の年齢層に支持され大人たちの反感を買いながらも、急速に波及し世界的な音楽となっていった。世界中の若者が、本能的に近代主義の末路に危機を感じ取り、既成価値をまっ向から否定するような、感覚的体験に過激にならざるを得なかったという時代背景の中から生じたもので、後のビートルズへと発展していく。

折りしも契約している有線放送から王道中の王道、ポール・アンカの「ダイアナ」が流れた。泡立ち弾けた。体をくねらせ踊る。バカといわれようとバカができる今が嬉しい。ようやくである。

＊オールディーズ（Oldies）……主に一九五〇～一九六〇年代前半にヒットした米英英語圏のポピュラー音楽を指す。

世紀末の夢

雨はしとしと市《まち》にふる。——アルチュール・ランボー

巷に雨の降るごとく
わが心にも涙ふる。
かくも心ににじみ入る
このかなしみは何やらん?

やるせなき心のために
おお、雨の歌よ!
やさしき雨の響きは

地上にも屋上にも！
消えも入りなん心の奥に
ゆえなきに雨は涙す。
（堀口大學訳）

ご存知ポール・ヴェルレーヌの「無言の恋唄」その三（一連から三連の一部までの引用）。エピグラフのランボーとの放浪の日々を整理したのが、この詩の入った同名の詩集であるといわれている。歌曲「忘れられたアリエッタ」の第二曲としてドビュッシーが、歌曲「憂鬱」としてフォーレが曲をつけている。詩情あふれる調べに身を託す濃密なひとときは、幾度新たな言葉の受胎をもたらしたろう。十九世紀末という輪郭を見極めること自体むずかしい時代に、殊にドビュッシーはマラルメやヴェルレーヌ、ボードレール等サンボリスト詩人たちの言葉を逆に音で再生している。えもいえぬ憂愁は私をひきつけ止まず、音の言葉は私を無限大の効果で解放しイメージの増殖を促し歓喜の血を今なお与えてくれる。

世紀末はデカダンス「頽廃」という語でしばしば語られるが、絵画・彫刻・文学・演劇他の芸術の境界や定義が解体と再生に向った時代でもあった。音楽もまた、印象派はアバンギャルドな運動の特徴となった。

日本では今日なお最も進歩的、前衛的な音楽家と称される武満徹が亡くなったのは二十世紀末。彼に私が惹かれるのは、アカデミックな音楽教育を受けない独学で知られ、初めて借りたピアノでドビュッシーやフォーレを多く弾き、それゆえ自らの音のイメージを見出すことに専念することができたという逸話にもよるが、音楽でしか語れぬ言葉を彼が生みだしたことが大きい。彼の音による再生は、ハープやフルートのハッとする美しさはまさにその典型で私の涙腺をゆるめる。特にドビュッシーに成り代わるほどドビュッシーに傾倒した武満の「エア」は、ドビュッシーの「シランクス」に匹敵する。

個人の身にも二十世紀末は、防ぎようの無い渾沌のエナジーに一気に絡めとられた時期であった。ある経営者より再三再四、口説かれながら断り続けていた赤字の店の再生をついに引き受けたのだが、ロスの目につく漫然とした店内の空気の臭いは数字にも表れていた。改革に抵抗は付き物。嫌われ役を一手に引き受け現場にメスをいれ、冷静に数字を追い続け、足掛け二年で黒字に転換した。同時期、まさに世紀末の怖さを知らぬがホトケで第一詩集を出版。加えてこれも同時期、理性が機能しなくなった関係が過剰と渾沌にまき込まれる中、私のそれまでの暮らしも清算した。精神の水位が下がり干上がった肉体は、その後のミレニアム以降待ち受けていた本物の憂鬱に手渡されていくことになる。しかし世紀末の狭間に落ちた夥しい喪失を言葉によって再びこの手に所有するのにさほど時間はかからなかった。泡立ち濁る血を濯いでくれたのは世紀末の詩人たちの音の言葉でありまさに自身の再生でもあった。

天才の苦悩と誇り

ジャクリーヌ・デュ・プレと麻矢の場合

「天才は一％の才能と九十九％の努力からつくられる」という有名な格言が、いかに真実でないかがわかる。有り余る才能が学校だけでなく、どんな枠組みにも収まり切れなかった天才チェリスト、ジャクリーヌ。無心に感じればそのまま思いどおりの旋律になり、弾くと同時にそのすべてを記憶した音楽家。ある日、私の脳裏をアナログのモノクロームのオーケストラ演奏の場面が横切った。この調べが流れると、私は若くも美しくもないが、ニンフとなり舞い溶けていく永遠の名盤、エルガーの「チェロ協奏曲」。ジャクリーヌは十三歳で難解で知られるこの曲の音符を両親から与えられると即座に暗譜で弾き周囲を驚嘆させる。この悲壮的なもの悲しさに貫かれた協奏曲を地で行くように、その後の彼女の生は病に侵され四十二歳で夭折する。

脳裏に甦ったそのビデオテープが、三十五年間愛用してきた山水社製セパレートステレオの奥にあった。後にベルリンフィル指揮者のマエストロに名を連ねる夫、ダニエル・バレンボイムの指揮のもと、デビュー曲エルガーの「チェロ協奏曲」をオーケストラを背に奏でるジャクリーヌの姿に再び出会えた。チェロの音色に色をつけるとしたらプラチナの色だと思う。余分な輝きを抑えたとろりと肉感的なそれでいてゴージャスな音色。かつて、同じチェリストのヨーヨー・マとバンドネオンのアストル・ピアソラのセッション「リベルタンゴ」がテレビコマーシャルで流れたとき、迷わずCDを購入したが、当時はジャクリーヌとの違いを言い表せないでいた。そういえば、パブロ・カザルスは、チェロ界の父と称されるが、ひとときも修練を怠らない努力の人ともいわれる。その彼が八十四歳にして十五歳のジャクリーヌの講師となるが、「カザルスはいつも予想どうりのことしか言わないし、全員に同じように弾かせようとしたし……」と言わせてしまう。こうした天才の逸話は数限りないが、逆に天才として在りつづけたその裏では、一生何らかの犠牲を強いられた家族の重荷と苦悩にもなっていた。にもかかわらずその才能が、まるで激しい奔流のように抗えない力で本人も家族のバランスも周囲の者も圧倒し押し流してしまう。

そこで、聴く者の熱情を掻き立てエクスタシーをもたらしながら、音符そのものになり飛翔するとまで言われたジャクリーヌに重なる、彼女そのものを彷彿とさせるずばぬけた集中力と持続性の持ち主として、今、私の心に宿るのは、京都は祇園、歴代の名立たる国内外の芸能界の登竜門、高級ナイトクラブ「ベラミ」の歌姫として時代が輩出した歌手、麻矢、その人のこと。イントロが始まった瞬間メロディの音符のつながりが体中を駆け巡り、わが身が生演奏のオーケストラになるという。それは最早、歌ではなく別の生き物が聴くものに潤むようなエクスタシーをもたらす。現役を退いた今も根強いファンの耳を酔わせる努力を惜しまない麻矢。私との出会いの日は浅いが未だかつて彼女の右に出る歌手を知らない。今も京都東映撮影所の打ち上げは唯一、「ベラミ」のクオリティを継承し続ける麻矢の店が、俳優、スタッフで埋まる。

＊参考……ヒラリー・デュ・プレ、ピアス・デュ・プレ著、高月園子訳
『風のジャクリーヌ』（二〇〇〇年、ショパン）

待っておくれこの俺を

一、こんな俺に　会わなけりゃ　夢もあったろ　人並みに
苦労ばっかり　かけてきた　おまえの褥に　寄り添いながら
次の世までの　縁糸　にぎって逝くんだ　しっかりと
待っておくれ　この俺を

二、たすけられぬ　生命なら　連れて帰れば　よかったと
ともしび灯す　夫《つま》ごころ　追われて忍んだ　世間の果てに
……

（作詞＝畝京子、作曲＝越元泰弘、歌唱＝小野敦久）

私はカラオケや演歌など歌謡曲の世界には距離のある日常をおくってきた。酒席の余興という位置づけに加え、遊興的要素の強い演歌が主流の、とりわけ初期のカラオケには興味を示す時間もゆとりも無かった。加えて信奉して止まない武満徹の「音楽は常に完結することなく変化し続けていくもので、カラオケは人間を極度の感傷の中に閉じ込め自分が歌ってしまうとそれで完結し、その感情が開かれて他と結びつかない……」という説に感化され頑なになってもいた。

しかし今を去ること三十年程前、関東の得意先に出張し夜の接待をいただくことがあった。時はバブル期にあたり、ある時の二次会で、次は大阪の歌を……とお鉢が回ってきても歌える歌がなく、急遽、三波春夫の〝ちゃんちきおけさ〟を唄ってしまった。そんな私が先に紹介した演歌を書いた。五年前友人を介し依頼を受けたのが事の始まりだった。詩のようなものは書いてきたがこの種の作詞は素人、真逆の筆力が必要だった。そこで本棚の、フランス象徴詩に心酔しながらも、その人がそのまま昭和の歌謡史になるとまで言われた作詞家、西條八十について書いた久世光彦の詞華集を手に取っていた。

「心満たされないとき、生きて行く日々に倦み疲れたとき、目に青空が遠く思われたとき、胸の奥深くから歌うことを求めたのである。歌ってみたところで、人は救われはしないだろう。悲しみというものは、そんな安手なものであるはずがない。けれど悲しみの淵に身を沈めた人が、思わず知らず歌うということを西条八十は確かに知っていたのであろう」

（久世光彦『昭和幻燈館』）

昭和十年生まれの久世にとって常に死が日常的に、身近なものとしてあったが故に「人が真実きれいなのは、死の予感につつまれた時である」とは実感に近いものであったろう。そこで末期がんの妻への思いを、依頼者の実話を元に言葉を選んだ。そもそも演歌とは、明治時代に政治や社会への批判を演説代わりに歌った歌（これが「演歌」の語源となる）として生まれたのが、時代が下がるにつれて男女の情をテーマにするようになり、かつてはその演歌を貧乏臭いと、歌って稼ぐ歌屋だと一蹴した歌手淡屋のり子に微妙に心惹かれるものがあったが、ここにきて演歌への距離が縮まり、そこへ何より私の喉も上達した。ささやかだが実はこの歌、通信カラオケで歌ってもいただいている。ＣＤを出さないかと声をかけられれば、お世辞と承知しつつ内心ウットリする自分がいる。困ったものである。だが、業界で学んだことがひとつある。歌の理想は、時代を捉えた詞、曲、詞のわかる歌手の三位一体の調和に加え、ここに麗しい編曲と上質のスタジオが必須であると。それでも「あの頃の歌」として人の心に残そうとする試みには、透明なガラスの向こうに見えてはいても、決して届かない痒みの様な、貧しかった頃の豊かさを生かす術のない「今」への苛立ちが籠る。

大地の歌

心からどうしても消えない音楽がある。音として心に沁み入り生きる大海に言語に尽くせぬ縁《よすが》とし傍に漂いつづけるモノ。沁み入った先で音は何に遭遇しているのだろうか。絶望？ 希望？ 耳で聴いた以上のものを聴きアメーバのように増殖する偉大なる聴覚。マーラーは生涯で九つの交響曲を書いた。この中にあって「大地の歌」は比類ない傑作といわれる「第九交響曲」に着手する前年の一九〇八年のひと夏の間に完成している。前島良雄著『マーラー』（二〇一一年、アルファベータ）によれば、この曲のジャンルは交響曲ではなく「限りなく交響曲的な構造に近いものを備えた連作歌曲」とでもいうべき作品で、「多分、今までに作曲した中で最も個人的なものだと思います」と友人ヴァルターに当てた手紙があると記す。彼のネガティブな死というものと向き合ったという伝説や妻アルマによる「回想と手紙」の出処等の諸説芬芬、特にこの「大地の歌」についてはむかしから多くの誤りが流布してしまっているので注意を促している。

唐の漢詩を元に作詞された歌を朗々と歌い上げるジェームズ・キングのテノールに魅了され、同時に原漢詩にいたく興味がわき、独語から仏語その変容が知りたくてあちこち考証を重ねた結果、エルヴェ・サン・デニ侯爵（一八二二〜一八九二）の「唐の時代の詩」（仏語）と、ジュデイト・ゴーティエ（一八四五〜一九一七）の「翡翠の書」（仏語）をもとに、ハンス・ハイルマンがつくった〈中国の抒情詩〉（独語）という詩集の中にある詩に基づいた「追創作」というものであって、「漢詩をドイツ語に訳したもの」などという流布は全くあたらないというまさに驚きの史実を知った。それまでの前島氏以前の言葉の情報が真実とは著しく異なっていたことを痛感させられた。

だが音符だけを残し、過去の黄昏に永遠に消え去ったマーラーその人の来歴を知りたいわけでない。音楽という残された音の配合、音の構成を創り上げた人間の精神に、人間の精神が触れうる満足すべき調和の世界、作品にもうもうと漂う作曲家の魂のみあればいい。極論を承知で言えばマーラーその人の名を消し去ってもいい。

名づけようのない自卑と根拠のない罪悪感に苛まれ、冷たい虚無のはびこる大地との蝶番は外れ、「〈こうとしか見えず、こうとしか考えられない〉一種遁れがたい罠である白昼の法則」(埴谷雄高)あるいは容赦のない不安を、やりすごす術などもたなかった危うい日常、みだらなこれらの内なる強敵、処理しても処理しても蔓延するこれらを処理し素足で爪立つためには武器が必要であった。

言葉と音。パラレルに私の抑制のドアを叩く音、「大地の歌」第一楽章、〈現世の寂寥を詠える酒宴の歌〉。しっかと大地に踏ん張り朗々と歌うテノールの独唱。調べの布団にくるまりそのままここに居ていいのだと背中を撫でてもらったような、今も涙する第六楽章までの、束の間の存在。真実の存在。ここにいていいんだよ、私が私に最も正直で忠実になれる音楽であったと言えよう。その都度再生、再生の繰り返しは果たして時間というものを経てきたのか、今、ここ、私という点でしか捉え得なかった来し方を思う。束の間という間、遍く永遠に後世を照らし続けていくであろう作曲家のエネルギーに点火される私は幸福である。

七つのヴェールの踊り

ある日、有線から流れてきた曲にはっとした。理由のわからぬなつかしさが伝わってきた。でも物忘れのひどい昨今、曲名が思い出せない。モニターで確認すると「七つのヴェールの踊り」(作曲＝リヒャルト・シュトラウス、戯曲「サロメ」〔オスカー・ワイルド作〕)だった。「サロメ」をテーマとしたピアズリーやモローの絵画やおどろおどろしい舞台劇に流れる旋律がよみがえってきた。

オペラではヘロデ王の宮殿という一幕ものの四場構成の劇としてポピュラーであるが、この七という数字が読者や観客だけでなく芸術家達の想像力を掻き立ててきた。十九世紀末、壮大でダイナミックな新約聖書のサロメ神話を元にしたワイルドの戯曲では、たった一行「サロメ、七枚のヴェールのダンスを踊る」と「ト書き」に書かれてあるのみ。それがなぜこれほどまでにワイルドの「サロメ」とその謎のダンスの部分が人を惹きつけたのだろうか。

ワイルドに先立って一八七七年フローベールが初めて「サロメのダンス」の言語による表現に挑戦した短編「ヘロディアス」で、脱いだ七枚のヴェールの意味を、「希望」「憂い」「熱狂」と愛の心理として描き、これがワイルドに「フローベールこそわが師」と影響を与えることになった。そこから、月やその色、意味、神話を絡めた部分は割愛し、この二人の作品をダンスというごく大まかな分類だけで比較すると、フローベールが福音書の記述に忠実に母の傀儡としての無口な少女サロメを描いたのに対し、ワイルドのサロメの特徴は母から独立し、恋心から聖人の斬られた首に口づけするという女としてのサロメを創造して頽廃感をにじませた点であろう。キリスト教的聖性を剝奪し、執拗な誘惑のエクリチュールに変えている。

新約聖書マタイ伝（十四章一節〜十二節）マルコ伝（六章十四節〜二十九節）を出典とする戯曲に流れる調べはワイルドを通して聖と俗のサンボリスム、「踊る言語」と化し、七枚のヴェールを一枚一枚剝ぎ取って若い肢体でヘロデ王を虜にしていく過程は、同時にサロメがヨカナーンへの愛に生死とはじらいを賭けた凄まじいまでの内面を訴える過程にもなった。七つの踊りの要求と七つの首の要求のぶつかり合い。この二つの間に位置するのが謎めいた七つのヴェールの踊りである。この「ガワジー」というエジプトのジプシーの踊りやベリーダンスに依拠したというオリエンタルダンスは、聴けば聴くほどその旋律は踊りの激しさに比照してもの悲しく実に蠱惑的である。作曲家としてR・シュトラウスが譜面に記した掻き立てられた心の動き息遣い、時代を経ても私たちの体内リズムに生身の音として熱く豊かな想像力と共に繋げていける。「七」という数字の根拠について、あえて加えるなら、月が支配するワイルドの舞台では、月の女神が「七枚のヴェールを次々とはがされ」冥界に下りるというメソポタミアやバビロニアの月の女神の神話が、この踊りに決定的な影響を与えたのではないかという考察がなされている。

喜びも、悲しみも、愛も、憎しみの時にも音楽がある。音楽は悦び、音楽に聴き入ることにより私は自分を修復し、明日を生きるいのちを再び音楽と共に生きたい。最後に「日本三文オペラ」の作者、開高健はトウジョウ・ヒロヒトという怪しい氏素性の男に「わいがなにをしたかはわいだけ知ってたらええこっちゃ」と言わせる。そんな作家の魂と熱烈に結合して生きながら私は私の来し方を無謀にも偶感の類も交え、一年にわたり本誌面に心情を露出しすぎた恥ずかしさの中に在り、老境の身で赤面汗顔の至りであった。

＊参考……大鐘敦子『サロメのダンスの起源』（二〇〇八年、慶應義塾大学出版会）

あとがき

「仙台演劇研究会通信」発行の「ＡＣＴ」は仙台在住の丹野文夫氏主宰の月刊誌である。同誌は言葉による総合芸術の器として、多様なジャンルの多彩な書き手たちが読みごたえのある記事を寄せ、すでに四〇〇号を超える発信を続けている。そのうちの「ミュージック・プロムナード」という誌面に一年間連載させていただいた。

私は音楽という無形の太い柱にもたれ、連載していくうちに、往事茫々、半世紀それ以上も前のあれこれが、この情操にさまざまに具体的なかたちを与えることにより騒々しく蘇生が始まった。だがここにきて相次いで両親を送るというかつてない濃度で燃焼せざるを得ない時間を経て、座標軸の定まらぬ現実が思わぬスパイスをもたらしてくれたことは否めない。

行きつ戻りつためらっていた出版にようやく着手しこぎつけることができ、すでに発表されたものを大幅に加筆し、書き下ろしを三作加え何とか一冊にまとめることが叶った。ことばに喩の鎧を着せる詩の創作とは真逆の世界への直視を、本能的に避けてきたにも関わらず、漠然とこころをよぎるあれこれも言葉として恐る恐る紙面に置くことにより、己の生から分泌されるものに突きつけられ、いまさらながら新しい鉱脈を掘っている感覚に度々陥った。嗅いだことのない熱い匂いに咽せ何度となく立ち止まり気づかされ救われていった一年間であった。

従前より四半世紀にわたり師である倉橋健一氏にはこのたびもお世話をいただいた。生きる縁《よすが》として師匠としての毒はふんだんに浴びたが今ここに、その毒こそが極めて上質の良薬であったことに気づかせてもいただいた。そして何より、再び拙書を世に送り出してくださった深夜叢書社主宰、齋藤愼爾氏に伏して謝意を表したい。同時に本書制作に当たって髙林昭太氏のご尽力とご配慮に厚く御礼申し上げます。

最後になりましたが、丹野文夫氏に、このような素敵なステージをいただきありがとうございます。加えて同氏はじめ3・11震災に甚大な被災を被られたにもかかわらず一度の休刊もなく続けて居られる「ＡＣＴ」編集部の皆様に衷心より深く感謝申し上げます。

上坂京子　かみさか・きょうこ

一九四九年、広島県生まれ。総合文芸誌「イリプスⅡ」同人。詩集に『満月に桃色の羊を曳く』（二〇〇一年／深夜叢書社）、『風と曼珠沙華』（二〇一〇年／深夜叢書社）。

ひと滴《しずく》の愛《うつく》しめまいへ
ミュージック・プロムナード

二〇一六年六月十七日　初版発行

著　者　上坂京子
発行者　齋藤愼爾
発行所　深夜叢書社
郵便番号一三四―〇〇八七
東京都江戸川区清新町一―一―三四―六〇一
Mail：info@shinyasosho.com
印刷・製本　株式会社東京印書館

ISBN978-4-88032-430-2 C0095